C. Claire Mallet

Une folle histoire de pieds !

Éditions du Phœnix

Chez d'autres éditeurs

Un squelette mal dans sa peau, éd. de la Paix, *2002.*

Disparition chez les lutins , éd. de la Paix, *2003.*

Le trésor de Cornaline, éd. de la Paix, 2004.

À Yanick,
qui m'encourage,
par sa présence et son cœur aimant,
à réaliser mes rêves.

Christine Claire Mallet

1

Deux pieds dans la même bottine...

Pied Droit et Pied Gauche se tenaient serrés l'un contre l'autre, au fond de leur vieille chaussure. Pied Droit était calme et blanc comme la neige. Pied Gauche, potelé et multicolore, rêvait d'aventures. Il faisait encore nuit. Au loin, un soupçon de rose teintait l'horizon. Pied Gauche se réveilla soudain et secoua son frère :

— Pied Droit, lève-toi ! Je veux te parler.

— Oh ! laisse-moi dormir, grommela le pied blanc, se retournant dans son sommeil.

— Allez, debout ! Mais lève-toi ! insista Pied Gauche, de plus en plus rouge, en écrasant les orteils de son frère.

— Ce que tu peux être casse-pieds quand tu t'y mets ! grogna Pied Droit.

Les deux frères sortirent ensemble dans l'air vif du petit matin. Le pied coloré gambadait en avant, son frère blanc traînait en arrière. Pied Gauche s'arrêta enfin. Ils grimpèrent sur une roche plate.

— Écoute, Pied Droit, commença Pied Gauche d'une voix ferme, je veux partir.

— Comment ça, partir ? s'inquiéta Pied Droit.

— On dit que d'avoir les deux pieds dans la même bottine, ça ne mène nulle part. Nous sommes vigoureux et en bonne santé, nous sommes faits pour marcher. Partons !

— Partons, partons, ironisa le pied blanc, mais pour aller où ?

— Tu sais bien, mon rêve depuis toujours !

— Quoi ! Tu veux aller en Chine ! s'écria Pied Droit, estomaqué.

— Exactement, tu viens avec moi ?

— En Chine ! Il est fou, déclara Pied Droit en s'adressant aux herbes. Pour moi, une bonne chaussette, une bonne chaussure, et me voilà le plus heureux des pieds !

— Ffff... tu parles d'une vie plate ! soupira Pied Gauche. Si tu préfères rester ici, dis-le maintenant, parce que moi, je m'en vais.

Le pied blanc prit le temps de réfléchir. Un temps infini pour Pied Gauche qui se tortillait, gigotait, fourmillait d'impatience. Enfin, Pied Droit se redressa :

— Bien, nous partirons, dit-il d'une voix tranquille, mais laisse-moi d'abord pratiquer mon yoga du matin.

— Tout ce que tu voudras, mon frère ! sautilla Pied Gauche. C'est le plus beau jour de ma vie !

Les deux frères pieds prirent enfin la route. Ils marchèrent longtemps sur les chemins caillouteux. Soudain Pied Gauche s'arrêta net. Ses orteils multicolores pédalaient d'excitation.

— Pied Droit, j'ai pensé que nous pourrions aussi changer de nom pour le voyage…

— Mais où vas-tu chercher tout ça ? demanda le pied blanc.

— La marche rend intelligent, tu sais. Alors, le dicton être *bête comme ses pieds*, c'est complètement idiot. Écoute ça !

Pied Gauche prit une grande inspiration, agita ses orteils et annonça d'une voix fière :

— À partir de maintenant, si tu es d'accord, il n'y a plus de Pied Gauche ni de Pied Droit. Puisque je suis de toutes les couleurs, je m'appellerai Piépeint. Et toi, blanc comme la neige, tu seras Paspiépin…

— Paspiépin ? Mmm, pas si mal pour une idée de pied. Allons-y pour Paspiépin !

— Hourra ! cria Piépeint au comble de la joie. Nous voilà rebaptisés, nous pouvons poursuivre notre route, comme des chevaliers de la…

— Bon, bon, n'exagère pas, coupa Paspiépin d'un ton sec.

Piépeint toussota et se remit en marche, le cœur léger, des ailes au talon.

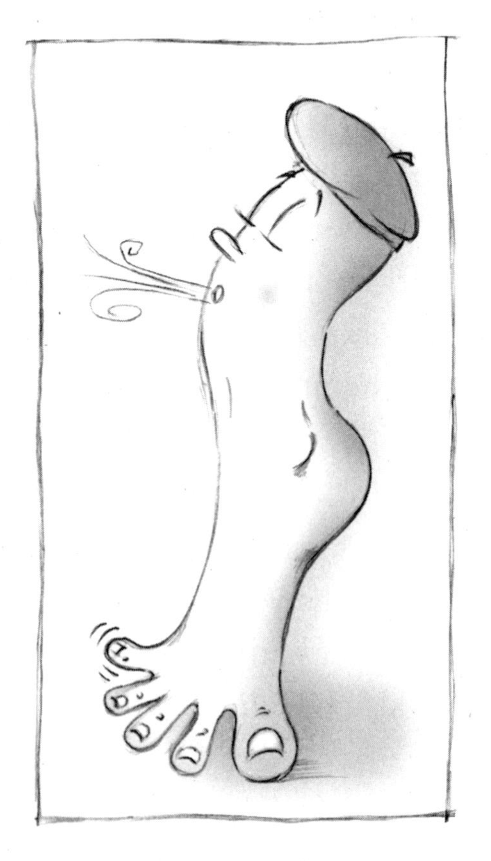

2

Une bonne nouvelle

En fin d'après-midi, les pieds avaient la plante brûlante, des ampoules germaient sur leur peau fine, peu habituée aux longues randonnées. Ni l'un ni l'autre n'osait avouer son désir de tout laisser tomber.

Tandis qu'ils luttaient pour continuer, des voix se firent entendre sur le chemin. Intrigués, Piépeint et Paspiépin firent volte-face. Derrière eux venaient deux voyageurs en pleine discussion. Le plus volumineux des deux, drapé dans un manteau brun, parlait d'une voix joviale en moulinant des bras. Il s'adressait à un jeune homme en bleu.

— Te rends-tu compte de la chance que nous avons ? Bien sûr, je ne peux pas concourir, je suis trop gros. Mais toi, Calisson, tu as tout à fait le physique de l'emploi ! Léger, mince, agile, tu gagneras cette course sans effort, et alors… à nous le voyage !

— Je suis habile à jongler avec des balles, des anneaux et des quilles, répondit Calisson en ouvrant sa veste bleue qui cachait des poches rebondies. Pour la course, c'est une autre affaire !

— Allons donc, lança l'autre, tu en es capable. Je te connais. Si tu gagnes le concours, imagine l'aventure que nous vivrons ensemble !

Celui qui répondait au nom de Calisson, tout de bleu vêtu, tira cinq balles d'une poche intérieure de sa veste, les jeta dans les airs, s'élança dans une pirouette étonnante et rattrapa ses balles avant de toucher terre. Piépeint et Paspiépin, ahuris, les regardèrent s'éloigner. Le pied multicolore fut le premier à réagir.

— Paspiépin, tu as entendu ça ? Une course pour gagner un voyage… Voilà ce qu'il nous faut pour aller en Chine. Viens, je veux en savoir plus, s'écria-t-il en se jetant sur la route à la suite des deux compères.

Le fougueux pied bariolé les rejoignit bientôt.

— Pardon, monsieur Calisson, cria Piépeint, cette course, pouvez-vous m'en dire davantage ?

— Mais qui parle ? demanda Calisson en cherchant autour de lui.

— Ici ! cria Piépeint. Là, monsieur Calisson !

Calisson se baissa vers la voix qui montait du sol et aperçut un drôle de petit pied coloré qui gesticulait.

— C'est toi qui m'as parlé ? Tu es un pied et tu parles ?

— Ben, évidemment que je parle ! Vous jonglez bien, vous.

— C'est différent, je suis… euh, je suis un humain, répondit Calisson, visiblement embarrassé.

— Oui, oui, ajouta Paspiépin en arrivant près de son frère, les humains ont encore bien des choses à apprendre. Enfin, soupira le pied blanc en remuant mollement ses orteils, sachez, monsieur Calisson, que nous avons le privilège de comprendre

les multiples langues humaines, ainsi que celles des plantes, des animaux et des insectes en tout genre.

— Je… euh, je…

Le pauvre Calisson, complètement abasourdi, tirait sur sa tunique bleue. Le gros homme en manteau brun intervint :

— Vous vous rendez aussi à la course ?

— Eh bien ! oui, confirma Piépeint, nous serions très heureux de participer. Pouvez-vous nous en apprendre davantage ?

— Volontiers, sourit Calisson. Vous n'avez pas besoin d'être inscrits. N'importe qui peut y participer. Il vous suffit de courir le plus vite possible, si vous désirez gagner le prix. Mais là-bas, les gens courent surtout pour s'amuser.

— Le prix, demanda Paspiépin de sa voix paisible, qu'est-ce donc ?

— Un voyage. Le voyage dont vous rêvez, dit le gros monsieur brun. Pourvu que ce ne soit pas le tour du monde, bien sûr. Il vous faut une destination précise et unique.

— Oh ! c'est fantastique ! hurla Piépeint en sautant de droite et de gauche. C'est un signe de plus que nous sommes sur la bonne voie, hein, Paspiépin !

— Mmm, marmonna le pied nacré.

— Votre frère est très enthousiaste, dit Calisson à Paspiépin en lançant ses balles autour de lui sans jamais en laisser échapper une seule. Je vous souhaite bonne chance. La course se déroule demain matin au village de Vitavi, celui que nous apercevons là-haut, sur la colline. Nous nous y reverrons sans doute.

— Oui, merci, à demain, dit Paspiépin.

— À demain ! cria Piépeint en agitant ses orteils.

Les deux comparses les saluèrent rapidement et tournèrent les talons. Piépeint, ravi, se mit à danser sur la route, à tourner comme une toupie sur son gros orteil, à rebondir sur son talon. Paspiépin soupira et reprit la marche sans se presser. Il fallait encore gravir la colline pour se rendre au village avant la nuit.

3

La course à pied

Le lendemain, pendant que Paspiépin pratiquait son yoga, Piépeint se rendit au cœur du village. Il y régnait une grande agitation. Des gens de tous les pays venaient prendre part à la course : des animaux, des insectes sur pattes, des oiseaux coureurs, tous ceux qui avaient des pieds pour courir. Les oiseaux de vol qui souhaitaient s'initier à la course étaient également acceptés, à condition de n'utiliser leurs ailes sous aucun prétexte. Sans quoi, ils risquaient d'être disqualifiés.

Lorsque le pied blanc rejoignit son frère coloré, ils durent grimper sur un muret de pierre pour éviter de se faire marcher… sur les pieds. De leur perchoir, Piépeint et Paspiépin reconnurent sans mal, dans la foule bigarrée, la tunique bleue de Calisson. Puis, leur attention glissa sur l'autruche là-bas, le lézard sur le mur d'à côté, la fille immense qui attachait ses chaussures avec soin. Ils virent aussi un chameau qui mâchouillait et les

regardait sans en avoir l'air, une poule d'eau avec sa couvée, un renard roux à l'écart.

— Allez viens Piépeint, dit le pied blanc, allons nous placer sur la ligne de départ.

Déjà des trompettes se faisaient entendre, conviant les participants à la sortie du village. Piépeint et Paspiépin avancèrent sur leur muret aussi longtemps que possible, puis ils durent descendre avec mille précautions. Les concurrents les plus à plaindre étaient les insectes qui, bien souvent, devaient s'accrocher à pleines pattes aux cheveux d'un participant, pour éviter de se faire piétiner.

— Je me demande ce qui pousse les coccinelles à participer à cette course, murmura Piépeint en passant devant la minuscule crêpe rouge à points noirs, aplatie devant lui.

Une voix déformée par les haut-parleurs se fit bientôt entendre :

— Mesdames et messieurs les participantes et participants de la grande course à pied du village de Vitavi, veuillez maintenant vous installer sous la banderole centrale. Il vous reste quelques minutes avant le départ.

Piépeint et Paspiépin eurent juste le temps de se placer près de Calisson et de le saluer. Déjà, la voix nasillarde reprenait sa harangue :

— Le signal du départ sera donné par la trompette de monsieur le maire lui-même. À la troisième sonnerie, vous pourrez vous élancer. Bonne course à chacun !

Le premier coup de trompette résonna dans tout le village.

— Vous, monsieur Calisson, désirez-vous gagner le voyage ? cria Piépeint en étirant ses orteils pour mieux se faire entendre.

— Oh, j'ai surtout envie de m'amuser un peu et de…

Le deuxième coup de trompette l'interrompit.

— De partager un bon moment avec les autres, compléta l'homme en bleu.

— Mais votre ami semble très intéressé par le voyage ! dit le pied coloré.

— C'est exact.

— Piépeint, intervint alors le pied blanc, prépare-toi si tu veux aller en Chine.

— Oh, oui, tu as raison ! Bonne course, monsieur Calisson !

Calisson n'eut pas le temps de répondre. La trompette lança son troisième cri perçant et les candidats se jetèrent dans la course. Piépeint et Paspiépin, comme les autres, s'élancèrent sur la piste.

En quelques minutes, les frères pieds se retrouvèrent loin devant. Ils étaient légers, vifs et taillés pour la vitesse. Paspiépin se surprenait lui-même : « Je ne pensais pas que la course pouvait être une activité aussi agréable. » Piépeint, lui, aperçut l'autruche. Elle se rapprochait à grandes enjambées.

— Vite, Paspiépin, accélérons ! cria-t-il à son frère.

Paspiépin força l'allure et les deux pieds se maintinrent à bonne distance de l'autruche. Qu'est-ce qu'elle courait vite ! Sans parler du chameau et de l'orignal aux longues foulées molles mais efficaces qui la suivaient de près. La fille immense semblait à bout de souffle, mais talonnait Orignal. C'est à ce moment qu'un grand coup de trompette déchira le silence : deux échassiers qui avaient voulu participer à la course, une cigogne et un héron, venaient d'ouvrir leurs ailes pour se donner une poussée. Ils furent aussitôt éliminés.

Le pied multicolore, de plus en plus intrigué, se demandait : « Comment se fait-il que monsieur Calisson ne nous ait pas encore dépassés ? Je suis certain qu'il court vite, mon petit orteil me le dit. »

Paspiépin commençait à ralentir et à virer au rose vif lorsque Piépeint entendit derrière lui un cri de détresse, grave et strident à la fois. Il se mit à courir un peu de biais et lança un regard en arrière. Il vit les longs bois d'Orignal accrochés à une branche. Le pauvre animal soulevé du sol continuait de pédaler dans le vide. La fille immense le suivait de trop près. OH ! La collision fut spectaculaire. La fille s'effondra, son long corps emmêlé entre les pattes d'Orignal, qui se mit à pousser des râles terrifiés. Autruche profita de l'émoi général pour se propulser en avant. Elle dépassa les deux frères pieds, laissant Chameau et le reste du peloton loin derrière.

— ALLEZ, PASPIÉPIN ! hurla Piépeint en voyant l'oiseau coureur passer près de lui, l'air hautain.

POUF!

Le pied blanc se motiva de toutes ses forces. L'idée de voyager à pied pendant des mois jusqu'en Chine suffit à lui faire prendre de la vitesse. La ligne rouge se rapprochait. Paspiépin fonça. Les deux frères pieds ne furent bientôt plus que deux traces fumantes sur la piste.

4

Remise des prix

Après avoir dépassé l'autruche furieuse, les pieds franchirent d'un même bond la ligne d'arrivée. Une salve d'applaudissements salua leur victoire, des hurlements de joie jaillirent de toutes les poitrines. Les participants se précipitèrent à leur rencontre. Des spectateurs disséminés le long du parcours les avaient encerclés et les félicitaient en gesticulant. Piépeint était charmé. Paspiépin, lui, reprenait péniblement son souffle. Il était tout rouge (ce qui, chez lui, était extraordinaire) et ses orteils, sérieusement gonflés.

— Nous n'avons jamais rien vu de semblable ! disait un vieux monsieur avec un large sourire sous son chapeau de feutre.

— Vous êtes des pieds étonnants, lança la fille immense en se frottant la hanche. Et pourtant, vous êtes si petits !

— Oh, la taille, vous savez, ça ne veut rien dire, ronchonna le lézard avec un léger mouvement de queue.

— Il a raison, marmotta l'autruche en clignant des yeux. Comment ont-ils pu ME battre ? MOI qui suis toujours la plus rapide à la course !

— La plus rapide, vous exagérez un peu, ma chère, lança la cigogne en relevant le bec. J'assiste à la course chaque année et j'ai déjà vu Orignal…

On lui coupa la parole. L'heure n'était pas aux prises de becs.

— Félicitations, messieurs ! susurra le renard roux dans une profonde révérence.

— Place ! Place ! cria alors un homme ventripotent à la veste verte. Monsieur le maire lui-même vient féliciter les vainqueurs ! Place ! Place !

Monsieur le maire, en effet, jouait des coudes derrière lui pour se glisser dans le cercle au centre duquel Piépeint et Paspiépin recevaient les honneurs de tous et chacun. Orignal, que monsieur Calisson avait aidé à descendre de son perchoir improvisé, ouvrit de ses bois un chemin au maire. Chameau le suivait de près.

— Mes amis, dit enfin monsieur le maire en s'installant devant les deux frères pieds, encore une fois la grande course du village de Vitavi nous a réunis dans la joie ! Soyez tous remerciés, chers participantes et participants, de votre collaboration dévouée. Comme chaque année, un prix sera remis aux vainqueurs : Piépeint et *Piépapeint*...

— Paspiépin, monsieur le maire, lui souffla Chameau à l'oreille.

— Oh, désolé ! rougit le maire en passant une main fébrile sur son front luisant. Piépeint et Paspiépin. Bien sûr, oui, hum, désolé, messieurs. Je vais donc vous conduire devant le préposé à la remise des prix. Ensuite, une grande fête à laquelle vous êtes tous conviés sera donnée sur la place du village. Si vous voulez bien me suivre.

— Place ! Place ! se remit à crier l'homme en veste verte pour dégager l'espace.

Piépeint et Paspiépin lui emboîtèrent le pas, surpris de constater que Chameau, l'air de rien, ne les avait pas quittés des yeux.

Les deux pieds furent bientôt installés sur une petite estrade près du préposé à la remise des prix, un bonhomme au visage rond qui semblait impatient de procéder pour enfin profiter de la fête.

— Comment voulez-vous voyager, messieurs ? Par la terre, par les

airs ou par l'eau ? demanda-t-il aux pieds.

— J'aurais aimé la mer, dit Piépeint, mais mon frère n'a pas le pied marin.

— Par les airs ! s'écria Paspiépin sans hésiter, sous le regard surpris de son frère.

— Fort bien. Par les airs. Quelle est votre destination ?

— La Chine, répondirent les deux frères en chœur.

— Oh ! fit le préposé en remontant ses lunettes sur son nez, c'est loin ça, la Chine. Je m'apprêtais à vous proposer un voyage à dos d'aigle, mais là, vraiment c'est trop loin. Et vous êtes un peu gros pour des oies sauvages. Laissez-moi réfléchir un instant, marmonna le brave homme en grattant son crâne dégarni avec son crayon. À dos de héron bleu ? Que diriez-vous d'un cerf-volant ?

— Voyager ensemble sur un cerf-volant ? demanda le blanc Paspiépin, sceptique.

— Ou bien sur un planeur, ou à dos de dragon ?

— De dragon ! cria Piépeint horrifié. Euh… vous n'avez pas une autre idée ?

— Il me reste bien une montgolfière, répondit l'employé en essuyant de son mouchoir la sueur qui perlait sur son front. Mais qui voudrait encore voyager en ballon dirigeable de nos jours ?

— J'adorerais ça, décida Paspiépin d'une voix ferme et sereine.

Piépeint haussa les orteils et le préposé déclara :

— Va pour un voyage en montgolfière. Présentez-vous demain matin dès l'aube dans le grand champ derrière l'église. Je vous souhaite une belle aventure messieurs, et que la fête commence !

Des cris de joie emplirent les lieux. Tous les participants, les pieds y compris, se ruèrent sur la place des réjouissances. Paspiépin était légèrement rosé, signe chez lui d'une évidente allégresse.

Plus tard, les deux frères s'écartèrent de la foule et s'approchèrent de l'endroit où chatoyait la veste bleue de monsieur Calisson. Le gros homme en manteau brun l'apostrophait sans ménagement.

— Mais enfin, Calisson, qu'est-ce qui t'a pris ? On n'a pas idée ! vociférait l'individu. Aider ces deux bougres à se démêler ! Ce n'était pas le moment de jouer au sauveur, bon Dieu !

Le jongleur dansait avec ses balles, un grand sourire aux lèvres. Piépeint se planta devant lui.

— Monsieur Calisson, j'étais tellement certain que vous alliez nous dépasser. Vous avez porté secours à Orignal et à la grande fille ? Vous devez avoir un cœur d'or…

— Merci, répondit le troubadour en fourrant ses balles dans ses poches. Je ne pouvais pas les laisser comme ça. Et puis, vous aviez certainement davantage besoin de ce voyage que moi, ajouta-t-il en clignant de l'œil.

Piépeint et Paspiépin se regardèrent, étonnés. Calisson les félicita encore une fois, fit taire le gros monsieur brun d'un geste de la main et conclut avec un grand sourire :

— Adieu, mes amis, ce que j'avais à faire ici est accompli. Je suis bien content de vous avoir connus. Retournons à la fête !

5

Le voyage

Le lendemain matin, les pieds furent les premiers arrivés dans le champ derrière l'église. Paspiépin s'était levé plus tôt pour pratiquer son yoga. Les deux frères assistèrent avec ravissement à l'atterrissage de la montgolfière. Son ballon était couleur citrouille avec des bandes fuchsia et vert anis. Elle était magnifique et très visible, ce qui plut beaucoup à Piépeint.

Le pilote de la montgolfière attacha les câbles à une souche d'arbre et regarda autour de lui.

— Nous sommes là ! lui cria le pied multicolore. Nous sommes deux pieds, là, devant vous.

— Oh, sursauta le pilote en découvrant Piépeint et Paspiépin qui venaient de buter contre ses bottes. Eh bien, messieurs les pieds, est-ce vous que je dois conduire en Chine ?

— Nous-mêmes, répondit le pied bariolé. Je me nomme Piépeint, et voici mon frère, Paspiépin.

— Enchanté, dit le pilote en soulevant sa casquette. Où se trouve le troisième voyageur ?

— Nous ne sommes que deux, dit Paspiépin paisible.

— On m'avait pourtant bien annoncé un troisième passager, marmonna le pilote en fronçant les sourcils. Il regarda autour de lui et s'écria :

— Ah ! le voilà !

Piépeint et Paspiépin se retournèrent aussitôt. De l'autre côté de la montgolfière, Chameau attendait, visiblement satisfait qu'on l'ait enfin remarqué.

— Oh ! murmura Piépeint qui tombait des nues, vous souhaitez vous joindre à nous, monsieur Chameau ?

— Mmm…, fit le gros animal sans se donner la peine d'articuler.

— Mais, hésita le blanc Paspiépin, vous, euh...

— Il y a en effet trois personnes inscrites sur ce document, coupa le pilote en extirpant un papier froissé de sa poche. Vous êtes bien le troisième membre de l'équipe, monsieur Chameau ?

— Mmm, mâchouilla une nouvelle fois le ruminant.

— Dans ce cas, messieurs, embarquons !

— Hourra ! hurla Piépeint dans le silence du petit jour, on est partis !

— Oh, Piépeint, tu nous casses les orteils ! grommela son frère en grimpant dans la nacelle d'osier, sans plus se préoccuper du chameau.

Les deux pieds se placèrent l'un près de l'autre au creux d'un petit panier solidement arrimé à l'habitacle. Chameau s'installa à l'arrière, immobile, mastiquant son brin d'herbe d'un air distant.

L'aérostier vérifia que ses instruments de navigation étaient en place, que les bonbonnes de gaz étaient pleines et bien fixées, puis il donna le signal du départ. Lentement, le ballon se gonfla d'air chaud, la nacelle fut secouée de vibrations et la montgolfière s'éleva dans le ciel, sans effort.

Piépeint, émerveillé, accrochait ses orteils au bord du panier. Paspiépin lui-même avait rosi. Lorsque les champs ne furent plus que de minuscules carrés verts et jaunes, le pilote régla les gaz pour une vitesse constante et une hauteur égale. Puis ils filèrent, tranquilles, vers l'est.

Piépeint contemplait les nuages effilochés autour d'eux. Paspiépin s'interrogeait sur la présence de Chameau : le ruminant ne paraissait pas s'intéresser le moins du monde au paysage. Il mâchait inlassablement, les yeux fixes perdus au loin, l'air hautain et dégagé. Paspiépin fut alors distrait de son observation par Piépeint, qui se mit à poser une foule de questions au pilote. Ce dernier s'était installé confortablement dans la nacelle, une fois la vitesse de croisière atteinte. Le pied multicolore voulait savoir à quoi servait chaque instrument de navigation, chaque corde : « Et les bonbonnes de gaz, devez-vous les changer souvent ? Et le vent, peut-il faire dévier le ballon de sa trajectoire s'il est trop violent ? » Fasciné, Piépeint écoutait l'aérostier répondre avec passion. Il aimait visiblement son métier. Paspiépin, lui, bercé par les voix et le roulis de la nacelle, s'endormit tout bonnement.

Ils voyagèrent ainsi, des jours et des nuits, s'arrêtant ici et là pour refaire le plein de gaz, se dégourdir un peu et trouver une nouvelle herbe à mâchonner pour monsieur Chameau. À plusieurs reprises, Piépeint et Paspiépin tentèrent, chacun leur tour, de faire sourire le mystérieux animal, à défaut d'entendre le son de sa voix. Mais il restait impassible.

Un soir, comme ils commençaient à amorcer leur descente vers un champ, ils entendirent des cris plaintifs derrière eux. Piépeint fit volte-face dans son panier, écrasant au passage l'orteil de son frère. Paspiépin couina de douleur puis de surprise : un butor étoilé venait de percuter la tête de Chameau et s'était écrasé au fond de la nacelle. Le ruminant secoua la tête sans cesser de mâcher son herbe. Ce fut le seul moment où il parut un peu contrarié. On l'entendit souffler avec vigueur. Puis il reprit sa position et ne daigna même pas jeter un regard au pauvre oiseau pêcheur tombé à ses pieds.

En un saut du haut de son panier, Piépeint fut près du malheureux arrivant.

— Que se passe-t-il ? demanda le pied, inquiet. Avez-vous une aile cassée ?

L'oiseau remua doucement.

— Je crois que non, mes ailes vont bien, répondit-il d'une voix tremblante. Quand j'ai aperçu votre ballon, j'étais déjà épuisé. J'ai voulu me poser, mais j'ai raté le bord.

— Aïe, fit le pilote en plissant les yeux.

Le butor étoilé se remit lentement debout sur ses grosses pattes vertes.

— Pardon, monsieur Chameau, dit-il en allongeant le cou. Je suis désolé de vous avoir heurté.

— Mmm, répondit le chameau sans baisser les yeux.

— Bienvenue à bord, lui souhaita l'aérostier avec un sourire chaleureux en soulevant sa casquette. Vous pouvez vous reposer, mon cher Butor, nous allions justement amorcer notre descente vers ce champ là-bas.

Le butor étoilé posa sa tête fuselée sur le bord de la nacelle et regarda le paysage, ravi : il pouvait contempler les champs et la rivière de haut, sans avoir besoin de voler !

Ce soir-là, le butor pêcha quelques poissons pour le pilote et lui-même, pendant que les pieds vagabondaient sur le sentier et que Chameau arrachait des touffes d'herbe sur le talus derrière eux. Il était étonnant de constater, souffla Piépeint à son frère dès qu'ils furent seuls, que ce grand mammifère ne les quittait jamais bien longtemps des yeux. On aurait dit qu'il les surveillait. Paspiépin leva les orteils au ciel et soupira. Il n'en croyait pas un mot.

Le butor étoilé décida de rester avec eux. Durant tout le voyage, les pieds l'écoutèrent raconter ses histoires de pêche dans les joncs des marais. Il finit même par se faire un ami du chameau en lui grattant le dos de son bec et en croquant ses petits parasites. Ainsi, après plusieurs semaines de vol, les cinq comparses arrivèrent en Chine.

6

Atterrissage inattendu

L'atterrissage de la montgolfière ne se passa pas comme prévu.

Le vent s'était levé. Piépeint et Paspiépin voyaient avec angoisse un village chinois se rapprocher à grande vitesse. Le pilote avait beau lutter avec énergie contre les bourrasques, la dernière bonbonne de gaz se vidait inexorablement. La montgolfière perdait de l'altitude.

Ils allaient devoir se poser en catastrophe. Piépeint et Butor Étoilé se penchèrent par-dessus bord. Ils laissèrent échapper un cri.

— Monsieur le Pilote, nous allons tomber en plein marché ! cria Piépeint affolé.

— Nom d'un ruisseau, renchérit Butor d'une voix anxieuse, regardez !

L'aérostier transpirait à grosses gouttes. Il avait déjà fort à faire et ce fut, à la surprise générale, Chameau qui lui vint en aide.

— Bien, dit celui-ci sans quitter son air placide, nous allons atterrir de façon un peu précipitée au milieu du marché. Mais puisque nous sommes en ballon, les gens auront le temps de nous voir descendre. Ils nous éviteront. Du calme maintenant.

Et il reprit sa posture, tête droite, babines en mouvement. L'effet fut immédiat : tout le monde se tut. En silence, ils virent les étalages se rapprocher, les visages ronds aux yeux bridés incrédules, les mains qui les désignaient du doigt, les gens affolés qui s'enfuyaient. Puis ce fut le choc. Les deux pieds furent éjectés et projetés dans une énorme bassine de poudre médicinale chinoise. Les gens debout autour se mirent à éternuer à qui mieux mieux. De Chameau, Butor Étoilé et du pilote, il ne resta qu'un enchevêtrement de jambes, plumes et pattes mêlées. Les Chinois qui se pressaient autour du ballon chiffonné, coincé dans les auvents des étals, se mirent à gesticuler et à parler tous en même temps, dans une langue à laquelle nos trois compères ne comprenaient rien.

Il fallut le secours des pieds pour que les choses commencent à s'éclaircir. Après avoir repris leurs esprits et sauté de la bassine, tout assaisonnés, les deux frères coururent prêter main-forte à leurs amis. Les trois autres avaient eu le temps de se démêler et s'étaient remis debout. Ils semblaient égarés face à la foule de curieux qui se démenaient devant eux. Butor avait perdu quelques plumes, Chameau avait gagné quelques bosses et l'aérostier se tenait la tête en maugréant.

Les deux pieds traduisirent aisément ce qu'ils saisissaient dans la pagaille du moment. Un commerçant se plaignait de ses fruits écrasés, un autre pointait en tous sens ses clients éparpillés, l'apothicaire se lamentait pour sa poudre gâchée. Mais à travers ce brouhaha, ils entendirent aussi quelques messages de bienvenue et se tournèrent vers ceux qui les avaient prononcés. Il s'agissait de deux pieds chinois aux orteils bridés,

portés nus dans des sandales par un petit homme tranquille au visage avenant. Il gesticulait lui aussi comme les autres, mais ses yeux pétillaient de joie.

— Bienvenue à vous, disaient les pieds chinois et les yeux de leur propriétaire. Nous sommes Pying et Pyang. Nous serions heureux de vous recevoir chez nous, si vous souhaitez vous délasser après ce long et périlleux voyage, dit le brave homme au pilote, tandis que ses pieds s'adressaient à Piépeint et à Paspiépin.

— Enchantés, firent les deux frères pieds, c'est très aimable à vous.

Ils se présentèrent aussitôt, ainsi que le reste de la troupe. L'aérostier se réjouit tellement de trouver des alliés dans cette cohue qu'il sentit les larmes lui monter aux yeux. Il se répandit en excuses, aussitôt traduites par Piépeint, et se mit en devoir de réparer les dégâts que sa montgolfière avait causés. Avec le soutien de Chameau et de Butor, il releva des tables, ramassa des fruits, redressa des paniers, puis il finit de plier son ballon soigneusement. Plusieurs Chinois, fascinés par son équipage, lui vinrent en aide.

Quelques instants plus tard, la nacelle fut fixée par des cordes au dos de Chameau, qui accepta de bonne grâce de la tirer. D'ingénieux marchands placèrent des roues sous le lourd panier et la troupe au complet, entourée d'une foule de curieux, traversa le village et remonta des ruelles jusqu'à la maison de Pying-Pyang. (Oui, ce brave homme au regard brillant portait le même nom que celui de ses pieds !)

Ils arrivèrent bientôt devant une jolie chaumière bâtie un peu à l'écart du village, au bord d'une rivière, ce qui rendit Butor Étoilé fou de joie. L'échassier courut sur ses grosses pattes vertes se plonger dans l'eau, sans plus de cérémonie. Il décida que les poissons n'étaient pas si différents au goût que ceux de son pays, même si leur forme et leurs couleurs étaient en tout point nouvelles à ses yeux. Il en pêcha suffisamment pour le souper du pilote, celui de Pying-Pyang et de sa famille.

Paspiépin avait traduit que leur hôte était médecin et qu'il vivait avec sa femme Hua et son fils Yang Chen, un jeune garçon enjoué qui étudiait à l'école du cirque. Butor Étoilé rapporta les poissons à leur ami chinois. Pying-Pyang ouvrit les bras en signe de reconnaissance, se courbant trois fois devant l'oiseau d'un petit geste sec du haut du corps.

Chameau fut délesté de son insolite attelage et put se reposer dans la prairie jouxtant la maison. Peu après, des villageois qui souhaitaient faire connaissance vinrent avec chacun un bol de riz en main et quelques provisions à partager. Ainsi, au cours de ce repas très animé, Piépeint et Paspiépin devinrent les interprètes d'une étonnante rencontre entre un pilote de montgolfière, un mystérieux chameau, un intrépide butor étoilé, un garçon acrobate gai comme un pinson, sa ravissante maman et un généreux médecin chinois.

La soirée se termina dans les rires et la bonne humeur. Yang Chen avait d'emblée adopté les frères pieds et tentait de leur enseigner des acrobaties. Chameau, qui pour une fois avait prononcé plusieurs phrases en l'honneur de ses hôtes, déclara qu'il coucherait à la belle étoile. Butor Étoilé persuada Pying-Pyang qu'il serait le plus heureux des échassiers s'il pouvait dormir dans les roseaux qui bordaient la rivière. Quant au pilote, qu'un long voyage attendait le lendemain, il accepta avec joie de partager la chambre d'invités avec Piépeint et Paspiépin. Ils prenaient si peu de place !

7

La capture

À son réveil, l'aérostier, aidé de Pying-Pyang, partit acheter du gaz pour remplir ses bonbonnes. Il passa une partie de la journée à remettre de l'ordre dans ses instruments de navigation, ses filins, ses câbles, et à vérifier le brûleur. Dans l'après-midi, il était prêt à reprendre la route des airs. Il reviendrait plus tard chercher les pieds, Chameau et Butor Étoilé. Ils choisirent une date tous ensemble.

— À bientôt, monsieur le pilote, dit l'enfant.

— Au revoir, mon garçon ! lança l'aéronaute en levant sa casquette. À mon retour, je t'emmènerai faire un tour avec ta famille !

— Hourra ! cria le petit Chinois en imitant Piépeint.

Ils assistèrent à l'envol de la montgolfière aux vives couleurs. Lorsqu'elle ne fut plus qu'un invisible point dans le ciel, ils rentrèrent prendre leur repas du soir.

Durant les jours qui suivirent, Pying-Pyang fit visiter les environs à ses invités. Son fils Yang Chen les accompagnait souvent à son retour de l'école. Pying-Pyang les guida au bord des rizières et leur montra plusieurs temples ornés de dragons or sur fond rouge. Des temples où fumaient des dizaines de bâtonnets d'encens. Il les conduisit dans des marchés où des étoffes de soie chatoyante côtoyaient des étals de viande constellés de mouches, où des tables d'apothicaires jonchées de racines aux puissantes vertus, de pilules multicolores et d'aiguilles d'acupuncture de toutes les tailles menaient à des ruelles entières débordant de paniers de toutes formes. Et les épices, ah ! les épices… Leurs odeurs les précipitaient dans un monde insolite et envoûtant… Une multitude de bijoux, bracelets ou colliers de grosses boules aux mille couleurs, pendaient des échoppes et accueillaient les visiteurs.

Ils rencontrèrent un grand-père tout ratatiné qui tressait ses paniers avec art. Ils déambulèrent devant des chaudrons de métal remplis de raviolis aux crevettes cuisant à l'étouffée, servis dans de petits bols d'écorce par

des femmes minuscules. Les nouveaux venus s'émerveillaient de tout ce qu'ils voyaient. Ils vinrent à passer devant une imposante bâtisse sombre, mais Pying-Pyang refusa de leur donner des explications sur ce lieu inquiétant. Il fit même un large détour pour garder leur petite troupe aussi loin que possible du monument.

Cela intrigua passablement Piépeint, mais il n'en souffla mot.

Peu à peu, les quatre amis s'habituèrent à l'ambiance de l'endroit. Ils commencèrent à se promener ensemble, ou seuls. Pying-Pyang, à cause de ses visites médicales, devait s'absenter souvent. Mais son fils ne perdait pas une occasion de s'entraîner devant eux. Il disait : « Je vous invite au spectacle ! » Sous les yeux émerveillés de ses nouveaux amis, il avançait sur les mains, marchait sur un fil tendu derrière la maison pour ses entraînements, caracolait sur son monocycle, un petit vélo à une roue. Cet enfant fascinant décida que Butor avait un grand sens de l'équilibre puisqu'il était capable de dormir debout sur une seule patte. Il se mit donc à inventer un mini numéro où l'échassier jouait les équilibristes pendant que les frères pieds, doués pour la course, devaient tenter de rattraper Yang Chen. Mais ce dernier était vif comme une anguille ; il sautait sur la corde au moment où les pieds allaient le rejoindre, bondissait dans les airs et pirouettait en avant, en arrière. Les pieds, chaque fois surpris, devaient s'arrêter pour reprendre leur souffle et Butor riait sous cape !

— Yang Chen, dit un jour Piépeint au garçon, j'aimerais bien que tu nous emmènes dans ton école de cirque.

— Oh ! oui, s'écria l'enfant. On pourrait montrer nos petits tours à mon professeur ! Je suis sûr qu'il va adorer !

Piépeint et Paspiépin eurent cependant assez peu l'occasion de sortir seuls : Chameau était constamment sur leur talon.

Une nuit, pendant que tout le monde dormait, Piépeint réveilla son frère sans bruit et lui fit signe de le suivre.

Dès qu'ils furent dehors, ils se glissèrent le long du mur de la chaumière et s'éloignèrent, silencieux comme des ombres de pieds. Ils marchèrent ainsi sous les étoiles, sans parler, pendant un long moment. Puis, lorsqu'ils jugèrent la distance suffisante, Piépeint s'arrêta et se tourna vers son frère.

— Paspiépin, as-tu remarqué que Chameau nous observe depuis que nous l'avons rencontré à la course ?

— Il n'a pas dû voir beaucoup de pieds dans sa vie, chuchota Paspiépin, et surtout pas un pied multicolore comme toi. Je suis sûr que c'est toi qu'il regarde de son air hautain.

— C'est assommant. Et si on lui demandait ce qu'il nous veut à la fin ?

— Piépeint, tu te fais encore des idées. Ce chameau est un peu bizarre, mais il n'est pas méchant. Ne sois pas si susceptible, d'accord ?

— Bon, fit Piépeint, alors que dirais-tu d'une petite balade à la découverte du mystérieux bâtiment de cet après-midi ? On ne va pas quitter ce village sans savoir ce qui se trame dans ce lieu !

— Ah, c'était donc ça ! sourit le pied blanc. Je me doutais bien que tu mijotais quelque chose.

Lorsqu'ils eurent traversé le village et dépassé les trois temples, ils ne furent pas longs à reconnaître le vaste bâtiment. Intrigués, les frères pieds s'approchèrent de la pancarte et déchiffrèrent lentement les caractères chinois : *Monastère oublié*.

— Qu'est-ce que c'est que ça ? demanda Piépeint, perplexe.

— Je l'ignore, répondit Paspiépin, une pointe d'inquiétude dans la voix.

Ils ne virent pas les hommes vêtus de noir s'approcher par derrière, ni le grand sac s'ouvrir au-dessus d'eux. Tout à coup, ils se retrouvèrent projetés pêle-mêle dans l'obscurité totale.

— Paspiépin, qu'est-ce que tu fais ? gémit Piépeint.

— Rien du tout, couina le pied blanc. Aïe ! tu m'écrases !

Impuissants, les deux pieds se mirent à chuchoter, puis se turent. Ils comprirent qu'on les conduisait dans ce monastère, à travers un dédale de couloirs sonores. On finit par ouvrir le sac et les jeter dans une cellule obscure. À la faible lueur d'une chandelle, les pieds virent qu'ils étaient tombés sur une table. Les hommes vêtus de noir aux yeux bridés les regardaient, menaçants.

— Tenez-vous tranquilles, aboya l'un d'eux.

— Mais que faisons-nous ici ? demanda Piépeint, furieux. Pourquoi nous avez-vous capturés ? Qui êtes-vous ?

— Silence ! coupa le deuxième. Ce n'est pas à vous de poser les questions ici !

Piqué au vif, Piépeint lui bondit au visage et retomba sur la table. Le bonhomme hurla en se tenant le nez. L'autre l'attrapa par les épaules et le fit sortir de la cellule, claquant la porte derrière eux.

— Qu'est-ce qui t'a pris, siffla le pied blanc, tu es tombé sur la tête ou quoi ?

— Ça, ça m'étonnerait, fuma Piépeint, rouge de colère. On nous capture, on nous jette ici, on nous manque de respect et tu trouves ça normal ? PAS MOI ! Il méritait un pied de nez.

— Un coup de pied, tu veux dire. Je ne trouve pas ça normal non plus, figure-toi, mais on peut tout de même rester des pieds civilisés !

Il n'eut pas le temps d'en dire plus. Deux autres moines entrèrent dans la cellule, de longues bandelettes de tissu blanc à la main. Sans crier gare, ils attrapèrent les pieds, les entortillèrent chacun dans une bandelette et quittèrent la pièce, sans une explication. Les pieds étaient si serrés qu'ils pouvaient à peine respirer.

— Oh ! pouffa Piépeint, c'est affreux, Paspiépin ! Fff, oh, j'étouffe…

pfff… on va mourir ! Pourquoi nous ont-ils saucissonnés comme ça ? Aïe, ouf… on n'est pas des momies !

— Garde ton calme, dit tranquillement Paspiépin à voix très basse. Et parle moins fort pour préserver ton énergie. Je crois avoir une petite idée sur la question.

— Une petite idée ? murmura Piépeint à bout de souffle. C'est quoi, … ta petite idée ?

— Les Chinois aiment les pieds menus. Ils veulent nous faire rapetisser. Ils nous vendront ensuite, certainement à un prix très élevé. Nos couleurs ont dû les séduire.

— Comment ! Nous rapetisser, cria Piépeint offusqué, nous vendre ?

— Plus tu cries, plus tu t'agites et plus c'est douloureux. Calme-toi Piépeint, sinon nous ne sortirons jamais d'ici.

— Sortir ? chuchota de nouveau le pied multicolore. Sortir ? Tu sais comment nous sortir de là ?

— Par le yoga.

— Le quoi ? Tu es complètement fou ! Encore ton yoga ! Aïe, ouille, ffff.

— Piépeint, je te parlerai quand tu seras tranquille, déclara le pied blanc en lui tournant le talon.

— Non, non, je suis sage, supplia Piépeint à voix basse. Ça y est, je suis tout à fait calme, là. Allez, vite, parle-moi. Dis-moi comment on fait ça, du yoga.

Paspiépin laissa quelques gouttes de silence tomber entre les paroles de son frère et les siennes. Au moment où il s'apprêtait à se lancer dans une savante explication, la porte s'ouvrit avec fracas et un moine entra, furieux. Celui-là était plus grand et plus costaud que les autres.

— Taisez-vous ! Nous ne voulons pas de bavardage ici, dit-il d'une voix forte. C'est bien compris ? En attendant, un moine viendra chaque matin resserrer vos bandelettes. Vous verrez, c'est inconfortable au début, mais on s'y habitue vite.

Piépeint faillit exploser de rage, mais le moine était déjà ressorti en claquant la lourde porte derrière lui. Alors, dans un murmure presque inaudible, Paspiépin, le frère nacré, s'adressa au pied bariolé :

— D'après moi, ces gens ne sont pas des moines, Piépeint. Il doit s'agir d'une société secrète. Ils veulent nous rétrécir, tu saisis ? Plus nous nous agitons, plus ces bandelettes nous torturent. Alors, nous allons ratatiner, mais bien au-delà de leurs espérances.

— Paspiépin, je n'y comprends rien ! souffla Piépeint. Tu ne peux pas être plus clair ? Aïe…

— Écoute-moi, Piépeint, et tâche de faire comme moi. Nous allons prendre trois profondes respirations pour nous calmer complètement.

— Oui, d'accord. J'y vais.

La respiration eut un effet magique sur Piépeint. Il arrêta de gigoter, de pouffer, de pousser des oh ! et des ah ! Il se calma enfin. Paspiépin reprit :

— Bon. Maintenant, nous allons imaginer que nous rétrécissons. Nous devenons un concentré de pied, un petit grain de pied, si tu préfères, de plus en plus petit, de plus en plus calme.

— Oui, répéta Piépeint, un petit concentré de pied, de plus en plus calme.

8

L'évasion

Les deux pieds firent tant et si bien que le lendemain, au retour des hommes vêtus de noir, ils avaient déjà passablement rétréci et les bandelettes ne les faisaient plus souffrir. Étonnés, les moines resserrèrent les bandes plus que jamais, sans égard pour les gémissements de Piépeint. Paspiépin, lui, ne pipa mot. Dès que leurs bourreaux furent sortis, Paspiépin encouragea son frère à voix secrète à reprendre le yoga. Ensemble, ils recommencèrent à diminuer tranquillement.

Pendant ce temps, c'était l'affolement dans la maison du brave Pying-Pyang. Chameau et Butor Étoilé s'étaient réunis dans le champ. Après une discussion animée, ils en avaient conclu que Piépeint et Paspiépin avaient dû se perdre quelque part. Il fallait les retrouver.

— Ils n'ont pu partir que de nuit, assura Chameau.

— Tout ceci est bien étrange, murmura Butor.

— Et nous voilà privés d'interprètes, maintenant, grommela le ruminant en voyant Pying-Pyang gesticuler pour leur communiquer quelque chose.

Ils décidèrent de partir à la recherche des pieds, Pying-Pyang et Yang Chen d'un côté, Chameau et Butor Étoilé de l'autre.

— Tel que je connais Piépeint, blatéra Chameau dès qu'il se retrouva seul avec l'oiseau pêcheur, il a dû être attiré par le lieu interdit. Comment n'y ai-je pas songé plus tôt ?

— Nom d'un ruisseau ! De quoi parles-tu ? demanda le butor en inclinant sa tête pointue.

— L'énorme bâtiment noir, tu te souviens ? Pying-Pyang semblait vouloir nous en éloigner à tout prix. Je suis certain que Piépeint a aussitôt conçu un plan pour s'en approcher. Il a dû s'apercevoir que je veillais sur eux.

Butor ouvrit des yeux ronds sans comprendre.

— Que tu veillais sur eux, toi ?

— Butor Étoilé, je vais te faire une confidence, murmura alors le chameau en regardant autour de lui.

Baissant la voix, il approcha ses lèvres charnues de l'oreille de l'échassier et articula :

— Je suis un chameau gardien.

— Tu veux dire, souffla le butor en étirant son cou, que tu es comme un ange gardien ?

— Exactement. Sauf que chez nous, on ne dit pas ange, on dit chameau. Chameau gardien. Un jour, j'ai reçu un message m'ordonnant de me rendre dans un certain village. C'est comme ça qu'on devient un chameau gardien. En faisant confiance au message. Tous les chameaux gardiens le reçoivent un jour ou l'autre.

— Et les pieds sont les premiers sur lesquels tu veilles ?

— Oui. En arrivant au village, j'ai rencontré un bonhomme habillé tout en bleu avec des balles plein les mains. C'est lui qui m'a désigné les frères pieds. Ils se tenaient sur un muret de pierre. Un pied blanc et un de toutes les couleurs. Depuis cet instant, je ne les quitte plus. Mais tu vois, j'ai failli à ma tâche de gardien. Ils ont disparu.

— Je comprends mieux, dit Butor Étoilé en jetant au chameau un regard admiratif. Tu as raison, Piépeint est assez téméraire pour vouloir explorer cette fameuse bâtisse. Allons-y !

Le surlendemain de la capture, les faux moines ne trouvèrent sur la table que deux bandelettes vides et deux minuscules cailloux qu'ils prirent pour des gravillons du chemin. Ils les jetèrent à travers les barreaux de la fenêtre d'un geste rageur.

— Ils se sont échappés ! dit l'un des hommes en noir.

— Vite, alerte les autres, nous devons les retrouver !

Mais il était trop tard. Au même moment, Butor, qui faisait le guet derrière le mur, reçut sur la tête quelque chose de dur. Il sursauta, fouilla des yeux autour de lui et découvrit alors deux petits cailloux qui rebondissaient sur le sol. Il se pencha, les examina et, devant leur couleur, faillit pousser un cri. Il se retint juste à temps, prit les graines dans son bec avec délicatesse et courut trouver Chameau qui guettait à l'autre extrémité du monastère. Il lui fit signe de le suivre en toute hâte. Dès qu'il se sentit en sécurité, il gratta le sol pour le rendre bien lisse et y déposa ses trouvailles.

— Regarde ça ! dit-il à son ami d'une voix où perçait une forte excitation.

Chameau se pencha, flaira les drôles de graines, vit la blanche et la multicolore, releva la tête et regarda Butor, les yeux sévères.

— Que leur est-il arrivé ? Ce sont eux, n'est-ce pas ? Comment est-ce possible ? murmura-t-il, assommé.

— Je m'y connais en graines des marais, et je peux te dire que je n'en ai jamais vu de semblables. Ça m'a tout l'air d'être des graines de pied.

— Mais tu ne te rends pas compte, gémit le ruminant au bord des larmes. Je devais veiller sur eux et regarde ce qu'ils sont devenus ! Ma première mission ! Et ils sont morts ! Fini, terminé, ce ne sont plus que des graines sèches.

— Arrête-moi ce cinéma, coupa Butor d'une voix qui n'admettait pas de réplique. Regarde-moi dans les yeux. Bon, je te dis, ici et maintenant, aussi vrai que je m'appelle Butor Étoilé, que ces pieds ne sont pas morts. Des graines, ça se sème. Apportons-les à Yang Chen ; il les plantera et nous verrons. Tu es un chameau gardien, oui ou non ?

Butor reprit les graines dans son bec, sauta sur le dos du chameau, entre ses deux bosses, et le grand ruminant, ravalant son angoisse, se remit en marche à longues foulées.

9

Semailles

De retour à la chaumière, les deux complices trouvèrent Yang Chen assis à la table de la cuisine. Il plongeait son pinceau de bambou dans la pierre à encre, un petit bout de langue tiré, témoin de sa profonde concentration. Chameau et Butor Étoilé s'approchèrent sans bruit et épièrent par-dessus son épaule la belle calligraphie se dérouler sur la feuille de papier velouté.

— Bonjour, dit l'enfant sans se retourner.

— Bonjour, répéta Butor, tout étonné.

Une chose étrange venait de se produire : en présence des graines de pied, il pouvait comprendre la langue chinoise et même la parler !

— Qu'est-ce que tu écris ? demanda Butor en bafouillant un peu.

— Je raconte votre arrivée en montgolfière, répondit Yang Chen en souriant. Il posa son pinceau, se tourna vers ses nouveaux amis. Avez-vous retrouvé Piépeint et Paspiépin ?

— Euh…, hésita Butor Étoilé, pas encore, mais nous t'avons apporté ceci.

Il posa son bec sur la table, laissa tomber deux petites graines qui roulèrent vers la feuille de Yang Chen.

— Comme c'est joli ! dit l'enfant. Des graines de fleurs ! L'une blanche, l'autre arc-en-ciel. Merci Butor ! Je vais les planter tout de suite !

À ces mots, Butor Étoilé poussa un soupir de soulagement. Il adressa un clin d'œil discret à Chameau qui se détendit à son tour. Ainsi, les graines de pied se retrouvèrent bientôt dans la terre noire bien arrosée, sur le rebord de la fenêtre de Yang Chen.

Chameau et Butor Étoilé, chaque jour, passaient un temps fou à observer la terre du pot, sans dire un mot. Les recherches visant à retrouver les deux pieds n'avaient abouti à rien du côté de Pying-Pyang, évidemment. Au cours d'une réunion générale, ils avaient décidé d'un commun accord de les suspendre provisoirement, ce qui avait déclenché une crise de larmes intarissables chez Yang Chen. Son père avait eu beau lui expliquer que les pieds reviendraient d'eux-mêmes quand ils seraient fatigués de se promener, l'enfant ne voulait rien entendre. Le cœur de Butor Étoilé s'était serré, mais il avait décidé de ne rien dévoiler au petit garçon. Si jamais les graines ne poussaient pas comme prévu, il ne serait pas déçu.

Un beau matin, Yang Chen, appela sa mère.

— Maman, viens voir ! Les graines commencent à germer !

Hua arriva aussitôt, suivie de près par Butor et Chameau. Dans le pot, deux petites pousses pointaient en effet le bout de leur tige verte.

— Regardez ! murmura l'enfant dans un souffle, le regard émerveillé.

— Continue d'en prendre bien soin, Yang Chen, déclara Hua attendrie. Je suis certaine que tu en seras récompensé !

— Oui, maman, répondit l'enfant en plissant de bonheur ses yeux bridés.

Il sourit à Butor et à Chameau, qui tous deux hochèrent la tête en silence.

Quelques jours plus tard, les deux tiges vertes avaient produit chacune deux feuilles et un bourgeon. Yang Chen passait des heures à les contempler, ravi. Chameau et Butor faisaient des stations de plus en plus longues devant le pot, eux aussi, en tâchant de ne pas trahir leur excitation croissante. Plus les jours passaient, plus les bourgeons grossissaient, plus leur petite peau extérieure s'étirait, gonflait, voulait s'ouvrir.

Un soir enfin, les bourgeons avaient éclaté. À son retour de l'école du cirque, Yang Chen découvrit deux fleurs en forme de pied. Une blanche un peu nacrée, l'autre multicolore.

— Comment est-ce possible ? murmura-t-il. Des fleurs-pieds !

Il restait là, rêveur, à fixer des yeux ces fleurs incroyables, lorsqu'une petite voix enjouée lui répondit :

— Nous ne sommes pas des fleurs, nous sommes des pieds !

— Hein ! qui parle ? s'écria Yang Chen en reculant précipitamment.

— Ben, c'est moi, le pied peinturluré, répondit Piépeint en pouffant de rire.

— Bonjour, Yang Chen, nous reconnais-tu ? demanda Paspiépin en étirant ses orteils blancs.

Le garçon ouvrait de grands yeux, incapable de parler, de répondre, de penser, même. Il restait figé de

stupeur, raide comme un haricot. Puis, lentement, il se rapprocha et de grosses larmes roulèrent sur ses joues.

— Oh ! Piépeint et Paspiépin, dit-il d'une voix à peine audible.

— Pourquoi pleures-tu ? demanda Paspiépin calmement. Es-tu déçu d'apprendre que nous ne sommes pas des fleurs ?

— Oh non ! s'écria Yang Chen en frottant aussitôt ses yeux. Je suis si heureux de vous retrouver. C'est juste que… c'est un peu… étrange, renifla-t-il.

— Je te l'accorde, c'est plutôt inhabituel de trouver des graines, de les semer et de récolter des pieds ! dit Paspiépin de sa voix tranquille.

— Et puis, vous êtes bien petits, murmura l'enfant. Allez-vous rester sur cette tige pour grandir un peu ?

— Euh, sans doute encore quelques jours, dit Piépeint en secouant ses orteils. Le temps pour nous de retrouver notre taille. Ensuite, nous pourrons partir.

— Partir ! cria l'enfant sans s'en apercevoir. Vous n'allez pas partir, s'il vous plaît ! Le pilote ne revient pas avant un bon moment. Et puis, on n'a pas encore fini notre numéro de cirque !

Il semblait si bouleversé que les pieds n'eurent pas le cœur de le décevoir davantage.

— Ne t'en fais pas, Yang Chen, dit le pied blanc. Il est vrai que nous voudrions visiter un peu le pays, mais nous ne partirons pas sans t'avertir.

— Merci, Paspiépin !

Yang Chen retourna dans le salon, les yeux brillants. Il réunit aussitôt ses amis et sa famille pour leur annoncer la bonne nouvelle : il avait retrouvé Piépeint et Paspiépin !

10

Un complot

Un après-midi en rentrant de l'école du cirque, Yang Chen, tout excité, courut voir Chameau et Butor.

— Chameau, Butor, venez, je dois vous parler en secret !

— Oh, oh ! blatéra Chameau, en voilà des mystères…

Ils se rendirent tous les trois près de la rivière, où, cachés par les joncs, ils purent discuter à leur aise.

— Alors que se passe-t-il, mon garçon ? demanda Butor en étirant son cou fin.

— Vous savez que les pieds auront bientôt retrouvé leur taille normale, leur dit Yang Chen sans préambule.

— Oui, et alors ? s'étonna Chameau.

— Et alors ? Après, ils partiront ! Ils veulent visiter le pays !

— Oh, je vois. Et toi, tu aimerais qu'ils restent ? lança Butor en levant le bec.

— Exactement. J'ai parlé d'eux à mon professeur, qui a parlé à notre directeur de cirque.

— Quoi ! s'écria Chameau, tu veux leur trouver un numéro dans le cirque ?

Yang Chen ne tenait plus en place. Surexcité, il sautait, pirouettait, dansait sur les mains en riant de tout son cœur. Enfin, il retomba sur ses pieds et annonça :

— Le directeur est prêt à les rencontrer et à voir ce qu'ils sont capables de faire. Ils courent tellement vite, tu es d'accord, hein, Chameau ?

— Euh…, oui, en effet, ils courent vite, bafouilla Chameau, pris au dépourvu. Mais euh…

— Oui, tenta Butor pour lui venir en aide, mais ce n'est pas un numéro de cirque, ça.

— Ah ! les numéros, c'est le directeur qui s'en occupe, pas nous, sourit Yang Chen avec son regard malicieux. Et puis, il y a autre chose…

L'enfant toussa pour s'éclaircir la voix, tourna deux fois sur lui-même, prit une bonne inspiration et déclara d'un trait :

— Il est d'accord pour vous rencontrer aussi, vous deux…

Chameau faillit avoir une attaque.

— Tu veux me transformer en animal de cirque ?! JAMAIS ! tonna le ruminant, offensé.

— Euh… c'est-à-dire que… hum, bégaya Yang Chen.

— Écoute, mon garçon, dit Butor calmement. Je crois que nous pourrions prendre le temps d'y réfléchir.

— C'est tout réfléchi, coupa Chameau, pas question que j'aille jouer les lions apprivoisés ! D'ailleurs, les chameaux gardiens apprivoisés, ça n'existe pas.

— Tu n'es pas obligé, Chameau, répliqua Butor Étoilé devant la mine triste de l'enfant. On peut en discuter tous les deux.

Chameau redressa la tête et se mit à mâchouiller sans rien dire, le regard lointain. Yang Chen comprit qu'il valait mieux le laisser digérer la proposition. Butor lui adressa un petit clin d'œil complice et l'enfant s'éloigna.

— Non mais, tu as entendu ça, souffla Chameau dès que Yang Chen fut sorti des hautes herbes. Un animal de cirque. Oh !

— Tu n'es pas forcé de faire partie d'un numéro, Chameau, tu peux juste nous accompagner. Tu serais encore plus près des pieds pour veiller sur eux… Et puis ce n'est pas pour la vie, juste un spectacle de fin d'année.

— Tant qu'on me laisse tranquille, je veux bien être spectateur, déclara Chameau, vaincu.

— Bon, c'est déjà un début, décida l'oiseau pêcheur.

Et il se promit de rapporter ces paroles à Yang Chen dès que possible.

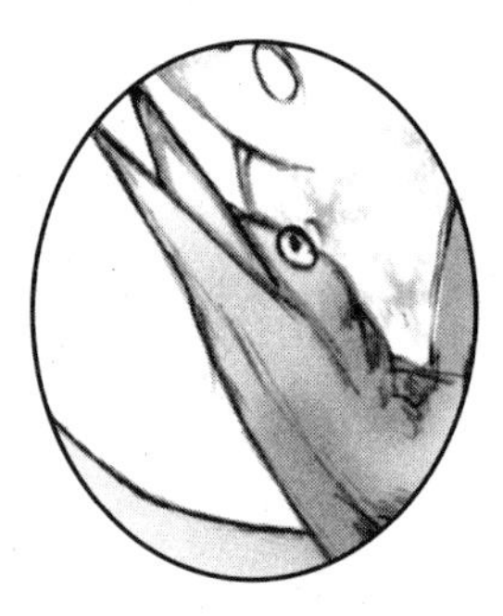

11

De retour

Lorsque Piépeint et Paspiépin eurent retrouvé leur taille normale, ils se détachèrent de leur tige verte et s'avancèrent sans bruit dans la chambre de Yang Chen. L'enfant dormait à poings fermés, un sourire flottant sur ses lèvres minces. Les deux frères pieds se hissèrent sur le lit.

— Il faut lui annoncer notre départ, murmura Paspiépin. Allez, Piépeint, appelle-le.

— Pourquoi moi ? Vas-y, toi ! chuchota le pied coloré.

Paspiépin appela d'une voix douce :

— Yang Chen ! Yang Chen !

L'enfant remua dans son sommeil puis ouvrit les yeux.

— Oh, vous êtes sortis du pot ? demanda-t-il en secouant ses cheveux noirs.

— Oui, il était temps, répondit le pied bariolé. On commençait à se sentir lourds pour la tige.

— Je comprends, acquiesça Yang Chen maintenant bien réveillé. Vous allez partir, n'est-ce pas ?

— Eh bien, avoua Paspiépin en soupirant, c'est notre intention. Demain dès l'aube. Nous aimerions découvrir la Chine.

— Bien, lança Yang Chen en faisant voler les couvertures. Moi aussi j'ai quelque chose à vous dire !

L'enfant jaillit de son lit et fit le tour de sa chambre en marchant sur les mains.

— Vous n'allez pas partir, déclara-t-il la tête en bas, parce que vous venez au cirque avec moi.

— Ah bon ? Et c'est toi qui as décidé ça ?

— Non, répondit l'enfant en sautant sur ses pieds avec aisance. C'est Maître Zhou, mon directeur de cirque.

— Ton directeur ?... Mais... mais..., balbutia Piépeint.

— En fait, mon directeur de cirque souhaiterait créer un numéro avec vous deux et moi, et peut-être Butor, reprit le jeune acrobate. On le présenterait au spectacle de fin d'année... Chameau viendra nous voir.

— Yang Chen, murmura Piépeint, tu es incroyable ! Oh, Paspiépin, dis oui ! Tu veux bien ?

— Allez, Paspiépin, dis oui, renchérit Yang Chen, tout excité.

Il y eut un grand silence, puis Paspiépin répondit paisiblement :

— Yang Chen, laisse-nous y réfléchir. Nous allons en parler avec Butor et Chameau. Demain, tu auras ta réponse.

12

La décision

Le lendemain, Yang Chen, Butor, Chameau et les pieds se réunirent près de la rivière. Yang Chen s'assit dans l'herbe et attendit, le cœur battant.

— Eh bien voilà, commença Butor Étoilé en équilibre sur sa patte verte. Piépeint, Paspiépin et moi-même avons décidé de préparer avec toi le numéro de cirque, en attendant le retour du pilote. Chameau a promis, quant à lui, de venir nous encourager lors du spectacle de fin d'année. Qu'en dis-tu, mon garçon ?

— C'est géant ! répondit Yang Chen, des étoiles plein les yeux. Mais après le spectacle, vous repartirez ?

— On verra ça en temps et lieux, déclara Chameau.

Pendant les jours qui suivirent, Piépeint et Paspiépin accompagnèrent Yang Chen à l'école tous les matins. Ils pratiquèrent leur numéro sous le regard attentif de Maître Zhou, le directeur du cirque.

Chameau et Butor eurent une conversation secrète avec Pying-Pyang à propos de la fameuse bâtisse noire. Ainsi, les informations qu'avaient fournies les pieds sur leur enlèvement et leur séjour au monastère avaient confirmé les soupçons du médecin. Il décida de s'adresser directement au gouverneur de la province. Plusieurs semaines plus tard, on apprit la fermeture définitive de l'ancien monastère. On parla même de le transformer en école. Pourquoi pas en école du cirque !

Le spectacle de fin d'année eut lieu sous le grand chapiteau installé à l'écart de la ville. La salle était noire de monde. Chameau s'était glissé dans l'allée près de Pying-Pyang et de sa femme Hua. Il mastiquait nerveusement une brindille, le regard rivé sur la scène. Sous les feux des projecteurs, Piépeint et Paspiépin couraient à toute vitesse autour de la piste, poursuivant Yang Chen, qui sautait et rebondissait comme une balle. Butor évoluait sur le fil d'argent, une patte à la fois, rivalisant d'équilibre avec l'enfant, qui s'y perchait régulièrement entre ses sauts fabuleux pour échapper aux pieds. Les spectateurs, impressionnés, poussaient des cris enthousiastes, des larmes coulaient sur les joues de Hua et Chameau clignait souvent des paupières pour garder ses yeux secs.

Le numéro s'acheva dans un délire d'applaudissements. Pying-Pyang se leva d'un bond, ses mains claquant à toute volée, un large sourire sur son visage. On pouvait lire tant de fierté dans ses yeux que Chameau en fut tout retourné. Il respira un bon coup et, dans l'émotion, faillit avaler sa brindille.

Le lendemain soir au coucher du soleil, alors qu'il lisait une histoire à ses amis, Yang Chen leva le nez de son livre et regarda dehors. Dans la lumière orangée du couchant, une magnifique montgolfière descendait du ciel.

— Le pilote arrive ! s'écria l'enfant en enfilant ses sandales. Il a raté le spectacle, mais on va aller faire un tour tous ensemble. C'est mon père qui va être content !

Yang Chen avertit sa mère de l'arrivée du pilote et sortit en courant vers le gros ballon rouge posé dans le champ, suivi par les pieds. Ils trouvèrent l'aéronaute en train de nettoyer ses instruments de bord. Chameau était déjà près de lui, une paille à la bouche. Piépeint et Paspiépin saluèrent leur ami et se proposèrent comme interprètes.

— Bonjour, monsieur le pilote, dit Yang Chen avec un grand sourire. Vous avez changé de montgolfière ?

— Bonsoir, mon garçon, répondit l'aérostier. Oui, j'en ai choisi une plus grosse cette fois. Cette nacelle plus large pourra contenir toute ta famille, ainsi que Butor et Chameau. Le panier que tu vois ici est prévu pour Piépeint et Paspiépin.

— Oh, comme j'ai hâte ! Venez, rentrons à la maison, continua Yang Chen, le feu aux joues, toujours traduit par les pieds. Mes parents seront heureux de vous revoir.

Ce soir-là, la joie fut grande autour du repas. Un vrai festin ! Butor était allé pêcher des poissons frais, Hua, la mère de Yang Chen, s'était surpassée dans la préparation du riz et de mets délicieux. Yang Chen avait confectionné de jolis desserts avec l'aide de son père, sous l'œil amusé de Chameau. Puis, il avait tenu à présenter au pilote son numéro de cirque avec les pieds. Le pilote avait ri aux éclats en les regardant courir et sauter tout autour de la maison.

Le repas terminé, chacun sirotait sa tasse de thé au jasmin. Yang Chen avait les yeux brillants de bonheur.

— Pying-Pyang, lança le pilote, aussitôt traduit par Paspiépin, que diriez-vous d'un tour de montgolfière en famille ?

— J'en serais ravi, répondit le médecin. J'ai toujours rêvé de monter à bord d'un ballon comme le vôtre !

— Parfait ! Alors demain, tout le monde dans le champ dès l'aube. Madame Hua, pourriez-vous apporter quelques provisions ? Je m'occupe du reste.

— HOURRA ! hurla Piépeint en agitant ses orteils multicolores.

— Oh, Piépeint, grogna Paspiépin, tu nous casses les orteils !

Mais personne ne l'entendit. Yang Chen faisait des acrobaties sur la bosse de Chameau ; le pilote, Pying-Pyang et sa femme dansaient autour de la table. Butor Étoilé volait tout autour de la pièce, poitrail gonflé, en poussant de retentissants « ouhoumps ».

Ils vécurent ensemble, cet été-là, un extravagant périple en montgolfière qui scella leur amitié. L'automne venu, l'aérostier poursuivit seul son éternel voyage. Les quatre amis choisirent de rester auprès de leur nouvelle famille, à la plus grande joie de Yang Chen. Ce dernier reprit ses cours à l'école du cirque. Chameau continua de veiller sur les pieds. Butor étoilé, Piépeint et Paspiépin firent de remarquables progrès et bientôt, leur numéro avec Yang Chen

devint l'un des plus applaudis du grand cirque de Maître Zhou.

Chameau avait beau dire, Piépeint et Paspiépin étaient décidément taillés pour la vitesse !

TABLE DES MATIÈRES

C. Claire Mallet

Bonjour ! Je suis l'auteure du livre que tu viens de lire. Je m'appelle Claire Mallet et j'adore les enfants.

J'aime aussi beaucoup lire et écrire. Quand j'étais à la maternelle, j'avais si peur du noir la nuit que pour me sentir mieux, j'ai commencé à inventer des histoires dans ma tête. Vers l'âge de neuf ans, je me suis mise à les écrire. Depuis, j'écris beaucoup et j'ai encore plein d'idées pour te préparer des romans palpitants !

Bonne lecture à toi !

Hélène Meunier

Hélène aura bientôt quarante ans, mais elle a encore l'impression d'en avoir dix.

Elle se trouve choyée de gagner sa croûte en faisant des petits dessins. Mais parfois, pour faire plus sérieux, elle dit : « Je suis graphiste-illustratrice. »

Elle a travaillé treize ans pour une maison d'édition scolaire. Bizarre, la vie : elle qui n'aimait pas beaucoup l'école !...

Elle travaille maintenant à la maison, ce qui lui permet de passer plus de temps avec sa famille.

Récents titres dans la
Collection Oiseau-Mouche

Shawinigan et Shipshaw, d'Isabelle Larouche, ill. Nadia Berghella.

Le renne de Robin, de Diane Groulx, ill. Julie Rémillard-Bélanger.

Pince-Nez, le crabe en conserve, de François Barcelo, ill. Nadia Berghella.

Le cadeau du vent, de Josée Ouimet, ill. Julie Rémillard-Bélanger.

Opération pièges à chats! d'Isabelle Larouche, ill. Nadia Berghella.

Récents titres dans la Collection Œil-de-chat

Otages au pays du quetzal sacré, de Viateur Lefrançois, ill. Guadalupe Trejo.

Un pirate, un trésor, quelle Histoire ! de Louise Tondreau-Levert, ill. Hélène Meunier.

Ziri et ses tirelires, de Wahmed Ben Younès, ill. Guadalupe Trejo.

Mabel, de Lindsay Trentinella, ill. Hélène Meunier.

Léo sur l'eau, de Françoise Lepage, ill. Nadia Berghella.

La médaille perdue, de Marc Couture, ill. par Yan-Sol.

Le miracle de Juliette, de Pauline Gill, ill. Réjean Roy.

Chevaux des dunes, *Le trésor de l'Acadien*, de Viateur Lefrançois, ill. Hélène Meunier.

Les naufragés de Chélon, de Annie Bacon, illustré par Sarah Chamaillard.

Alerte au village, de Michel Lavoie, ill. Guadalupe Trejo.

Achevé d'imprimer en août 2007
sur les presses de l'imprimerie Gauvin,
Gatineau, Québec